醒來，奶油

鄭琬融●

一般地

無法複製的局部

骷髏狀的人馬

骷髏狀的人馬

灰色地帶：一群客人在我面前猶疑

眼神如狐如狼。他們一開口，我迅速抓握住

所有慾求，旋轉我的雙手。我出賣

我的敏捷、微笑與寬容，丟棄我的名字

暫有數小時。我正對著街心，看著烈陽抑或大雨，

藏匿來往人們的心事。

各色的人轉動他們的眼珠子，在我面前，點餐之際

頻頻向我灑落他們的情緒。我成為落雷區

海浪警示區、颶風路徑

然而世界是這樣，對服務的要求是這樣，面對驟變的

危險，我用金絲雀的嗓音回應

討好、偽裝、安撫

我躲在聲音的後面。不停親切地重複直到舌根沙澀

吞吐著這些，過場的語言——或許我是灘地上的招潮蟹？

不斷地過濾些要賴以為生的東西。

不過除了金錢我想不出有別的。這些神聖紙鈔上的人像令我抽搐。

我被小時肢解著，感受著時間的作用力。一小時遍體鱗傷的我，

居然和一小時完好無損的我，同等賤價

但後者的存在是不允許的。他們是在替我開發自己

你也未免有機會擊碎殼內偷窺。有人說：「不然你為什麼

不去做別的？」這疑問如同一把長槍

提問的人雙眼高高的、沸騰著。他用食指指向我

宛如我是一隻無毛的獅子、一頭沒有看過荒野的熊、

一隻墮了胎的母鹿。充滿野性、卻喪失了該有的適應力

人們就喜歡看上這類的東西，不是嗎？他將慾望

對準我。我沒什麼還擊的方式。

下班前夕，我發現我的皮囊被沒收，藏到貨倉的深處

如今我和我的同事站在台前，腰椎以上殘存一具骷髏（仍理性地運作）

而下半身是馬。比過往活著的時候要快速。我被誰

果斷地賦予旗幟，朝我未明的方向去奔馳

頭一次，我相信太陽絕對在地底下。

我必須挖掘它。在死成爲永遠的死之前

在他們還沒意識到我還眞正活著

醒來，奶油般地

亡靈游擊隊

一早，一隻藍蜜蜂從窗子間的暗角飛入

我的夢魘。牠拋棄世間的花蜜

將口器刺入妄想。藍藍烈烈

藹風，和煦的天氣

有人給我八百要我去捉山狗，捉多有千

我帶著套索和陷阱去

佈置誘餌與機會。午間，我一邊咬破涼菸上的圓珠

一邊聽著鳥聲，片片從空中剝落

皮膚病的狗出現了，露出咬破穿山甲的犬齒，無辜的小舌在晃動

品嘗天氣。沒等牠低頭，繩索就鉗住

牠的咽喉細瘦，身體充滿野性的扭力

我與牠拔河。牠的一生，是否能繼續遊晃，就取決於在這一次競賽

牠以水銀般的雙眼瞪視我，讓我想到很久以前

我也有過的固執──彼時我只相信自己親手捕捉的獵物

對峙期間，我總揣想牠的巢穴（遮雨嗎），

牠行經的路徑（看過這一帶數條溪吧）

與被人舉報的原因（追人、啃咬動物、未結紮？）

牠們被放棄、重複放棄，在濕冷的山徑裡

被捕捉、被關進收容所、被領養再被放棄──周而復始

山狗的存在，不知為何多是令人恐懼的，一道密不透風的影子

我伸手去碰觸、等待、理解，

所有人，逐漸也覺得我是那道影子。

悖論的間隙

我花了一整個下午觀看從大廈邊緣墜落的鳥類

（那些燕子、椋鳥、野鴿……）

是否真的飛了起來。牠們飛行的軌跡令人驚愕

起飛前的俯衝——我從來用勇氣衡量，而非生存

體內中空是什麼感覺？幾萬年來，自我族類一場掏空體內的競賽

更遠的濕地，不斷出現在牠們的夢中

閉上眼都能認得。但我呢？

我，在這充滿方格子道路的都市之中，一條條馬路、

巷弄、髒走道，在我面前攤開，卻迷失了方向。

在空中飛行是什麼感覺？

牠們如何信任空中的道路？

八秒鐘，我的視野被切成

八塊，均等的庸劣

餃子店、房屋仲介、牙醫診所、補習班

高架橋、美髮沙龍、藥局、舊公寓

行人穿梭其間，僵固的陰影，生吞雨水的陰影，聽過

片狀鳥聲的陰影。

每個人的迷途交錯，最後成為沼澤

在這短暫的片刻，忽然

一隻野鴿真的墜落，被車輾斃

牠的鳥喙扁平，頭與眼睛已然與路面合為一體，

羽毛因最後的恐懼炸開

這死亡毛茸茸的，使我一時忘了這是死

這是死。所有的飛行者在生命中終點，仍得帶著身體降落

在我上一秒還仰望著的：凝結的羽翼

列隊者其一就殞落。

無有終點之通勤者，曾仰望過這樣的天空嗎？

麻木，等待一隻死鳥

說服自己到頭來陸地的世界是唯一的眞實

醒來，奶油般地

土裡的鑰匙

一把鑰匙被插入土中
我問那人，是想種植開啟的慾望嗎？

「原本是想埋葬它。」他說，他遇見
太多、太多不得其入的門

「難以忍受，在我眼前大剌剌的無關性。
與其說挑釁，更像是藉此貶低你。
你的無有選擇，被釘著的，被迫運轉的迴圈。

『為我跳一支舞吧！』好像有人這麼說。
好像我的生活只是逢場作戲，沒有拚命的價值。
與其這樣，我把鑰匙扔了。

我要活在一個不需出口的地方。
但沒兩天鑰匙就被撿了回來。
撿回的人給我一副很凶的臉色，
好像我從來就不該丟掉它，對它猶有責任。

我搞不懂沒有門可開的鑰匙有什麼好珍惜的。
心裡才閃過這個念頭——就像一輛開了夜間頭燈的汽車駛過，
照到了一隻從樹上掉下來的飛鼠——撿回鑰匙那人就回答我：

『你何必找門？這是種象徵，
象徵著你握有開啟某物的權力。

沒有人需要知道那是什麼。』

我驚恐著聽著他的話，就像遇到神祇一樣地望著他。
很快，他轉身離去。他背著雙肩背包，紫色的。
穿著夾腳拖鞋、工作褲、拿著一杯咖啡，
和我們之中任何一個人一樣。」

「後來呢？」我問。

「我再也看不見門了，卻得以進出許多地方。
鑰匙或許是真死了。但你不覺得
我很好使用了它嗎？」

醒來，奶油般地

柏林的沸點

「你是柏林的沸點。」

「只因為我愛得與眾不同？」

「還包含自由、叛逆與任性──」

「憑什麼我能代表這一切，另一個國家的物理現象？為什麼不是臺北？或其他國家，紐約之類的。」

「你無法代表一切。但這符合你造訪過的事實。你不是在那裡，一個大倉庫的派對，找到了七個天使？」

「我折斷了他們的翅膀。對。我記得。」

「為什麼要那麼做？」

「過分的愛需要陌生去完成。」

「哪裡過分了？哪裡陌生了？」

「從未有人如此深情吻過我。她異國的鬈髮令我感傷。我們是如此不同，又如此相似。在舞池轉了七圈後我遇到了七個天使，七個都令人感受到無法擁有的失落。她們在我所碰不及的地方時刻閃耀。於是我趁她們在每一圈背對著我時，折斷她們的翅膀。」

「你把那些翅膀藏到哪裡了？」

「我站在雪地上，試著穿戴，可是全都萎縮、發黑。」

「扔在那裡了？」

「扔在那裡了。可是又不是扔在那裡。有關翅膀的記憶將我從發黑的地方驅趕了出來。」

「你的行動滾沸你。」

「我的行動滾沸我。」

「滾沸之後有什麼？」

「地方並不是絕對。現在我在這裡也看得到天使，甚至不用我上前去追。」

「天使的數量多嗎？」

「數量不是重點，而是能否與我相愛。」

「你在公開的場所裡滾沸？」

「我在公開的場所裡滾沸。唯有那樣天使才得以被榮耀，而不是存在遭到否認。」

「恐懼會消失？」

「還有誤解的代價。世間日日夜夜存在著的東西被說成是虛構的，我該如何想像自己？」

「鏡子堪用嗎？」

「總會有想要砸破找到通道的時候。」

「那要砸碎我了嗎？」

「可以再過一鐘頭。我好久……沒找到這麼談得來的對象。」

醒來，奶油般地

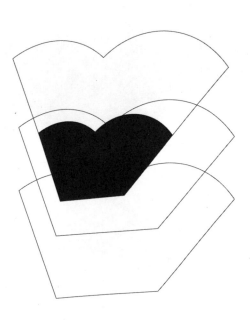

醒來，奶油般地

這裡，沒有足夠的光線使我是酥脆的

手肘卡在晨昏中，語言在上升

一個工作日的結束，開始尋回自己

從苦的牆柱，舔食回那些鹽粒，屬於精神

我的奔跑何其軟弱？當我面對的方向

正是我意欲逃離的方向。

沙風在哭，若沒有任何打結的樹枝願意在其中滾動

它又如何相信：自我得以遷移

五吋的空花瓶，還是遭人踐踏的河濱？

還是得以生根的裂縫，或廣漠中的一汪池？

「能夠猶疑棲身之所，是件太奢侈的事。」

餐桌的兩端不是座椅，是租來的床與沙發

無法動彈的歡愉。我總是向牆裡那個陌生的人說：

「不是你走，就是我。」我們暴力地共享一切

包括她恨的搖滾，我認為缺乏意義的長途電話

第三人永遠在場的性。

這裡，有無數嚴厲的雨聲，朝我奔馳

不分晝夜。我請房東在鐵皮屋簷鋪上荒謬的假草皮，好一點。

但仍有破口大罵的爭執與油煙，另一個家庭的戲碼

隨時闖入又隨時消失。鬧鬼的

我住在鬧鬼的屋子裡穿戴自己

種植比我生命力頑強的植物

在粗糙的牆柱上舔食，嘗到自己的血，那麼真實

痛苦是我的，醒來的慾望是我的

日日無法擺脫的麻木，也是我的

又一次，錯過了晨昏，在金色薄紗的餘溫中虛晃
這裡沒有陽光的足跡點醒我：
時間頭也不回地離去
我總是在錯誤的時間中醒來
奶油般地，在現實的火候中
很快成為燒焦的疙瘩

醒來，奶油般地

解渴的時間

透明的流動中，我是淤塞的

永遠等待事件的發生，爾後前往下一個

等電梯、等紅綠燈、等前面的車完成迴轉

等電話被接通，等人簽收、等該出現的出現

等待是缺席的重影

太多預期令人沮喪，若假想那些順利的時刻，黃昏前

送完這一車：慾望的膨脹。他人，永遠是他人的，自己的沒能被解決。

「我找不到一個空檔去上廁所。」或者沒地方，被店家

拒絕，更沒時間吃飯、睡覺、打哈哈

我與一百多人見面，不與他們告別，

知道他們的名字，隨即又忘了，在一長串的配送名單中，

那人成為「收件者」：

一個地址，一個住所，一個短暫為物品打開的裂縫

而後徹底闔上。我碰觸、觀看、不作聲

因為最好一件貨物只能花費三分鐘。

「什麼是活著的時間？」有時，我幾乎羨慕一個路人

能在我面前慢慢把馬路走完。我感覺到這種羨慕的恐怖

一口菸的時間，都嫌珍貴，卻讓我解渴。

在一棵常停的茄苳底下午睡，聽其他車子呼嘯而過，

讓我解渴。如果時間被允許是大片的，像一張毯子

我希望被裹在裡頭。如果時間被允許是

瀑布的，我會將我的喉嚨埋在裡面。

我的移動屬於我，卻又截然相反。路徑一早

就攤在那裡。我在邊界之內，重複嚼食相仿的風景

重複拉扯著疼痛的肌肉。壞的關節。

每一遇見一個新的收件者，我就揣想，一次全新的相遇，

腰傷卻提醒我：「你不過是個殘破之人。」

禮貌、寒暄、未知名的內容物，我訓練長了厚繭的皮在傳遞這些時

變得溫順。最好也要能將對我的咆嘯投擲得遠些

扔到時間之外。可能嗎？

當我閉上眼，夢見好多個明天的明天

都是黑夜

醒來，奶油般地

無敵糖馬

我是塑料做的。眼睛、毛皮一體成形

我的孤單是塑料做的。被刮擦的表面夾藏著永遠，

出廠後變得廉價。我是千篇一律

同個模子刻出來的，爲了誰的童心而生

一隻手將我圈起，扣在我的脖子和馬背上，讓我四肢僵硬地奔跑

我的奔跑出自於幻想，以及同情。

當我粉色的皮膚撞倒了其餘玩偶、積木

我才感覺到莫名的遺失──內裡什麼都沒有

我的任務是何者：堅強地活下去？在誰快樂的手心下毀壞？

我的馬尾巴永遠地飄昂著，永遠地凹折成彆扭的弧度

儘管沒有風，我也沒半點移動，她還是將我放在一片草原上

而這幾乎要撕裂我。我渴望緊閉著雙眼，但我的微笑、

和我的悲傷一體成形。瘋狂地踢也毫無作用

女孩倒是笑了，她說，用她細鈴鐺的聲音：

「無敵糖馬，跑啊！快快跑啊！」

恐慌，還是恐慌

叉子與鐵碗戰鬥的聲音使人發寒，點餐鈴被按響了三下

服務員還沒有現身。我吞著每個人呼出的一口氣充飢

餐桌上，他人的夢想使我乾渴。總是蓋了張面具在說謊：

鑲了金的明天、被奉爲典律的過去。

舉杯這動作在桌巾上產生的重重疊影

讓酒嘗起來更澀

我的感冒是流行性的卻對流行這詞也過敏

不要對我妄下斷言，不要給我診斷

當樹被雷劈的時候，不要和我談幸運

──太過正確的排拒，沒看見嚴厲外的優柔寡斷

像群馬一樣朝黃昏奔馳

「他們有血有肉，我只不過是個握有法槌的亡魂。」

草原擺動的方向永遠未可知，卻永遠不缺乏信仰

希望從誰的屍體上生長

別想要向誰贖回同情

一幅大型油畫，延綿不絕的山景

使我自己覺得佇立於山谷

回音到他人的耳中還有效用嗎？我渴望大喊

卻又害怕被偷渡一切

一切的意義在火口周圍

毀滅還是重生？又誰說狀態可供選擇？

我不是時代底下的產物

我不是被動

我接住許多問句後頭的鉤子，往肩頭裡刺入

這不代表我上鉤了，而是深深思考誰的疑問

即便弄痛我使我無法做夢

我對誰猶有責任　誰就有權窺看我心裡堵塞的血

知道我看過哪隻妖魔、哪隻又決定賣了我

一條長廊上，可以哭泣的時間

比冬季製造雨針的時間要長

那些雨針砸下來　銀光、琥珀光、霓虹光

從天國到人間

恐慌，還是恐慌

醒來，奶油般地

幸福，最後一滴[1]

有人架住我拷問我的影子，拿火鉗，燒我流著幸福的記憶。被燒出來了
怎麼辦？我明明藏得很好。究竟是我的幸福太不會躲，還是找的人已
習得一種技巧？我恥於表露完美的滿足。近於一種癡呆，屏蔽於世界，
又全然於世界之中，海馬迴的短路。當他們淬鍊出那最後一滴的幸福
時，我臉上的表情像張被揉開的麵團，鬆垮垮，持續發酵成一種即將進
入烤爐的模樣。

我最後一滴的幸福八腳爬行，蠕動的模樣令人不悅。我掙扎，他哭
泣，發燙的童年、初戀、奔馳過海邊的回憶⋯⋯統統在他裡面，初次
體驗不幸。

1　詩題靈感源於荷塔・穆勒《呼吸鞦韆》。

震後顯形

你想知道一切未可預先知道的

──出於求知還是恐懼？

機運在岔路、風險在暗處

而沒來由的擔心

透過上網一一點開

星座週報、心理分析、八卦、紫微斗數、

面向、命盤，花個五分鐘，得到了

一位陌生人所產生出的

對於你的描述。(其中的規則永遠難解)你反覆

讀了幾遍，感受著自己的性格隨著敘述長出

一道道潛伏的靜脈。你不知道它們總在那裡

就像當一股巨大的能量從地底釋放

你不知道那將持續多久、會造成多大傷害

人們幾乎是在確認脫離危險的瞬間就搜尋震央的位置

開始描述它，讓他成為已知的事實

你讓測驗的結果停留在隨時

可能熄滅的螢幕上，自己蹲低尋找

掩護。書架倒地、與隔壁房相連的木板牆迸出間隙、

一盞我早晨醒來第一眼看到的燈

劇烈搖晃。出於恐慌我無法決定任何事

一聲咆哮未經控制衝了出來

喊完後你想起出口的重要性，上前開門

第一扇：將你隔絕在七坪的套房內。

第二扇：離開一模一樣的其他五間。

轉身回房時，你在廊道遇見一個裸著身子的男人，渾身滴著水

那麼赤裸，那麼毫無遮掩的臃腫

來自於你未能

預先知道的部分。全倒塌歪斜

你的目光一會在他露出恥毛的毛巾上，一會在

他從惶恐轉為怒目而視的眉毛上

羞恥脹紅了雙頰，發燙的

這一刻，沒有了評述、分析、指引

暴露了逃離的衝動

無臉站櫃

「不好意思……」
在櫃檯，他們只叫我不好意思
打工的一天，我把名字塞進衣服口袋
骯髒、未洗

貼標籤、點餐、擦杯
擰髒抹布的間隙
擠出一絲微笑

我為我自己這麼擅長雜事感到自豪
我為我的自豪感到羞恥

他們看我有八隻腳
卻沒一顆頭

這裡不比較關愛
而是冷嘲熱諷與耐痛

忙碌的下午出現一袋點心
吃起來像鬼魂的東西

語意挾帶著重石
往失誤的人臉上灑去
如此體會到語言的刮擦

休假時

光是原地站著不動

我的小腿就發麻、石化

好像是誰在我身上刻鑿的一種新姿

要我展示

當人們問我好或不好時

我總感覺他們是在一塊黏黏的謊中

試圖釣出糖果

而那往往只是感覺的雜質，並非其物

人們為閃閃發亮的糖水而來

這些五花八門的甜——偏酸或帶有花香

濃厚或甘甜，加料或者不加——

這些使人發胖、像蒼蠅頭迷惑

搖搖欲墜的甜水

讓我受苦

原來被反覆打撈的井水

是這樣的　疲勞

仰望眾人之口

醒來，奶油般地

不可進之所見

你看著一排排新建好的屋子，黑暗方方正正

散發一種嶄新而無人聞問的死：充滿價值

經過的人偶爾抬眼，短暫想像可能在此的生活——

你想像未來的方式

和金錢支解你的方式如出一轍。

在這些向上凝視的目光之中，有人甚至遛著狗、

帶著另一半或推著嬰兒車。擁有這個詞，在他們面前背你而去

太輕的帆布包讓你感受到下墜的重量

有點開口的鞋似乎再瞥一眼就要將你撕裂

但你站穩腳步，告訴自己離上面的生活

就要不遠。你沿著一排排新建好的屋子往前走向黃昏

那一塊曾未被許多高樓遮擋住的

河濱，邊緣地總有人在跑，你不知道他們的終點

或者起點。但他們的跑動讓你感覺這一切尚未停滯。

一株楓香的位置，開始結果，你今天

從這裡開始走。兩公里外的天空能看見 101、還在興建的捷運，

與蛇腹般的高速公路

你在一切偉大建設的底下，抬起雙腿，邊跑邊走，喘著氣

一旁仍然是沿著黃昏生長出來的

新建好的屋子，黑暗方方正正，盯著你

有時，僅僅只是有時

你想像你有點亮某間屋子的權力

永永遠遠

血是如何變慢的

鄭琬融、梁家恩 [2] ——— 所作

血是如何變慢的

也許你們也聽得懂其中部分

看不見的氣泡，嘶嘶聲，在日日夜夜的進出間形成了

沒人管、急匆匆、睜一隻眼閉一隻眼的

風險，不過是個曖昧的詞彙

當領班示範危險，危險就消失了

痛就變成了自作多情

也許你們也聽得懂其中部分

當苦難，被說成是：命運、選擇、生活

重量被改變了

痛要如何翻譯成

法律　或道德或歷史

或任何你承認的　任何

血是如何變慢的

耳膜，彈簧一樣的一張薄紙

你感覺到了嗎？你再說一次？你不要說謊。

重複擊穿。重複累加。

「我們要看到骨頭發黑！³」
資方談判的桌上，要的是獻祭而非公義
他們要你體驗時間不可挽回的利刃

穿過艙門，穿過抗議的現場，穿過醫院廊道
有誰能碰觸他肌膚外的深海？
緊壓著全身，僅僅一釐米的包覆

血是如何變慢的
這城市是如何變快的
也許你們也聽得懂其中部分

2　梁家恩：來自馬來西亞柔佛州，就讀於臺北藝術大學文學跨域創作研究所，主要從事劇場編導創作。

3　此案例爲臺灣第一起由勞動部認定的集體職業病案例。早年臺北捷運新店線施工時，廠商曾使用壓氣工法以阻止隧道滲水，但使用壓氣工法需要替離開地下的工人進行減壓，廠商並未確實執行，導致四十多名工人罹患潛水夫病。潛水夫病最爲嚴重的症狀之一是骨頭發黑、壞死。談判期間，資方不認可其他較輕微的病症作爲職業災害的依據，反倒說出工人病症都得要如此嚴重不可才算數，明顯不合理。該抗爭分爲不同階段，長達二十餘年，其詳細經歷可見顧玉玲老師所作之〈長途漫漫——台北捷運潛水夫症工人追蹤紀實〉與相關新聞。本詩作寫於顧玉玲老師課堂，並由北藝大學生改編爲演出《222M》。

黑夜的繭

暗光鳥　一動不動
黑夜的繭

一個年齡不詳的人
休憩於橋底
他品嘗陰影就像品嘗一串葡萄
仔細地剝皮、挑籽
有些事情就這麼移動起來

「我只是順道經過這場黑夜的遊戲」
每晚，都有人擺擺頭
在河濱規律地走
完成黑夜中的十分之一
回憶的蒸餾

暗光鳥閉上了眼，又倏地睜開
牠嗅聞信仰
隨著人群的離散
越來越稀

橋上唯一駐留的男人
繫著晚風
遁入了陰影
那縫隙連記者都描繪不出
最嚴謹的人類學家

也考察不到它的居所

我試著往那扔了塊石頭
失眠者的左腳露出
接連著是：小偷、跟蹤狂、強姦犯、
自傷者、叛徒、
忘了自己姓名的老人
如砸破的雞蛋流出
孤獨呈倍數
發臭，流溢，閃亮
在猶豫的一步之後
持續增生
黑夜的繭

暗光鳥
咬緊自己的舌
探觸——
人們的誤解
黑夜之所以模糊不清
並非僅因光線不足
更因爲迴避凝視
迴避的漩渦
使黑暗，更像是黑洞

「所以或許我們都在解一道天文題，而不是社會學？」

「當然我們應該先試論一下黑洞可能傳遞的另一處，以免這些『物質』
醒來後毫無防備。」

「可是他們不需要你的論述，你的論述也不需要你。」

「性命亦非『物質』。」

其對話在堆滿美酒之盛宴中

氣流凜然

卻淤塞

冷眼的池子

熱絡的鬼祟

半夜三點鐘

一個不算太晚也不算太早的時刻

繭的入口終於消失

屋裡暈厥的人們也不再表現出理解的樣子

席間裡隨意倒塌——如傾頹的蕈類

他們的言談與觀察

就像是誰用手指摳了摳這道祕密

沒有流血　沒有癒合

繭恣意增生

暗光鳥　動也不動

牠腥紅的眼珠鑲著黑色

興許是太陽的暗部

進出溫水沼澤的日子

醫師認出我，不確定是因為
病歷表、衣著、年紀，還是邁邁的疲憊
總之，我從一串編號中解脫

他問我：「最近好嗎？」
我很難不意識到這句招呼已經變成了一把鏟子
帶有挖掘的意圖

一時間
言語拘謹起來

「很好，都很好。」
「感覺不錯。」
咀嚼這些詞彙時發出咬碎堅硬物的聲響

醫師點點頭，盯著驗血報告的數值，而不是我
我又再度變回一串編號

謊言，衆目睽睽的鬼針草
護士們都習以爲常，看著它沾黏、遠去

在每週四的下午
我依然帶著數顆微小的藥丸離開，水藍色
醫院，我稱之爲溫水沼澤的地方

半年、一年過了
然後是三年、五年
當我計算
時間，一條勒人的束帶成形

「我能復原嗎？從什麼之中復原？」
「別去想痊癒。別把它當成完美的形狀。」
觀看與思考自身疾病的歷史
是如此私人、無助又欣慰
「你已經走了這麼遠。」

當一切過去，我仍常想起診間驗血的時刻
長針、橡皮圈、緊繃著的呼吸，以及
還沒有變成決定性數值的
我溫熱、深紫色的血

我無法說謊的部分
我無法「感受」的部分
護士熟稔地將它們裝進試管

她成為見證者，如同上百次
唯一一如往昔

繩子的圓舞曲

一條繩子在一個人面前，意味著
限制、警示、分界

當繩子垂落在一個人的頭頂
誘人的逃離
凹成一個圓圈則是
摒棄肉身的挑釁

但若圓圈不在人的頭頂
而是地面上
那陷阱，邀請的意味濃厚

我踢亂了繩索，結果勾到了腳踝
差點絆倒了

一個女孩過來替我拆解
又拉又扯，摩擦著我的皮膚

等她拆解完，拉起線頭用力一甩
另一個女孩也加入了
在狂亂的旋轉裡原地跳躍
她找到自己的節奏

我跟隨女孩的力道
讓繩子轉動的速度不至太快
像遭鞭子吻過，在碰觸
未來的時刻

醒來，奶油般地

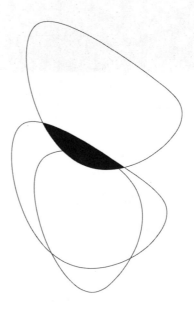

身體群像

古怪的姿勢

我一會夾著右肩一會覺得右肩不夠厚實又把枕頭夾入頸下，一會把頭埋入枕間要悶死自己，一會又往左翻夾著左肩和玩偶，一會又改為大字形攤在床的中心。

我尋找睡眠的路徑有如瞪羚往懸崖跳，自顧自的。

我一會想碰又不想碰，一會想躲又不想躲。(白日的念想)我再說一次：不要哭喪著臉拖著恐懼問我，好像我處於另一個位置。讓我和你一起恐懼。

所以你睡了嗎？蒼白的鐘面朝我無法動彈的身體，它的秒針聽見我的心悸，不知道我感覺躺著的地方已經變成了草原、沙漠，還是氾濫的河床。

沒有用。我瞪著它。一會揉著我的右頸揉到發疼，一會按著我抽搐的小腿，一會想拉開太緊的腰椎，一會要抓癢，一會口乾舌燥的要喝水。

我調整痛苦的方式像拔草，拔得沒完。

你在這裡嗎？你還在這裡嗎？一個鐘頭後，一隻在我耳邊徘徊的蚊子問，我一巴掌拍死牠，指尖沾著血，繼續入睡。

回首觸碰毒物的捏塑

他奶油般的目光，厚且膩

在他的圍堵下，我光裸的羞恥獲得了自覺

逃，我說，身體卻僵著

一雙手就這麼擠壓上來

觸碰所引發的頭也不回的捏塑

狗的尖牙長出，朝那鬧鬼的影子不斷咬去

沒能吠出聲。洞窟卻因此更深

往內窺視，往我內在崩塌之處窺視

扶著欄杆的手在顫抖。那唯一能被稱得上是欄杆的是我的骨幹

我撐著唯一能支撐著我的，唯一能支撐我的是

我的意志令我發疼。

門、門、門

我在廊道上巡邏著

渴望新的隱喻：靠岸、築巢、編織一張善於容納的網

但碰撞聲、墜落的恐懼、網間的縫隙夾著我

記憶，這麼無聲的一隻猛虎

瞪著我，在入口處我不停

不停回頭

視線，無法縫合

孩子看待泳池的方式：一個巨大、含氯的藍色果凍。跳
進去，那所有大人們無聲且筆直來回的同一水域
試圖悠哉地浮起。在當中濺起水花
建立領域，用來玩樂的領域

男男女女肌膚上的各色曬痕
暗示著他們經歷了一個怎麼樣的夏天
截成兩段的手臂、大腿或腳踝、背後白色的交叉線
肚兜以上、手背或後頸
什麼樣的穿著或習慣咬住了他／她

羞恥一覽無遺。
連身泳衣所無法遮擋的黑色
忘了剃掉的，過度在意的視線（八成是虛擬
剩下兩成）自公開的慾望，穿越水面、穿越忠貞而來
水越來越燙。我沿著橫過頭頂的流蘇遮陽網仰泳而過
盯著藍色、白色，然後是藍色、白色……
在所有湧起之中，最微小且無聲
是我的水花

一頓尚未具殺傷力的侮辱

真不檢點。你這樣，是要穿給誰看？

句句，燒燙的鐵，烙上皮膚

讓我認真瞧起自己的身體

我可愛的洋裝露出一截大腿、一截

短短的鎖骨

我七歲，還沒性成熟的胸脯讓洋裝的上半看起來空空的

看似提早拿到一個不屬於我的東西

為什麼大人要在我穿洋裝的時候多管閒事？

當她要我在裙底套上一層運動褲，我不滿地抗議道。

這樣好醜，你怎麼受得了？

一個同學脫口而出，有些笑聲緊跟在後。

他的手，指著我的不知所措，只好急匆匆把褲子褪去

地板上皺著的，像一頭鱷魚

——如今我稱之為保守

甘願被稱之的時刻

一堂寫作課，一名男子發言說：「女性是柔軟的。」

我反駁，說我是鐵，是樹叢間攀爬強韌的黃麻

想像女人的詞彙應與男人一樣豐沛

「得要更多。」當我們認為自己夠了的時候

不要感覺被施捨

當超越達成了某種彎折，那時，我可以甘心稱之柔軟

想遺忘的／想彰顯的

數年來，一場車禍遺留下的

左肩一道七公分的長疤，已眞正與我融爲一體

我幾乎可以說：這道傷疤就是我

我沒有遮掩它的意圖。相反地，我以展示它爲榮

那彰顯我的存活，從一輛機械、一場**意外**之下

但對於**恥辱**我不置一詞

它不在肉體上，在經驗之中，在心靈的回聲

不可見的特質使得隱藏成爲必然

除非，開口去說，意味著揭露

肉體的傷痕似乎就沒有這種特質：存在與事件可獨立存在

而說出身體經驗，只能是召喚

當一人以嬉鬧、得逞的表情撑壓過

私處、腰間與手臂，紙張遭揉皺的感覺永遠留下

你不得不好奇，這些侵犯者帶有笑意的險惡

是如何光明磊落地從現場離開，隨後蒸散

控訴，竟成爲言語的遊戲。借勢恐嚇與混淆，受害與加害的位置

我單單的存在，遭形容成蛇蠍

「這類經驗過於廉價，等於是將自己貶值了」
當我終於說出口，最可怕的事情莫過於
傷口遭到塗改、質疑，反覆的修正
這究竟是誰的記憶？

我告訴諮商師，他給予同情，沒有一絲憤怒
——我最不缺的就是同情。

記憶中，諮詢室，永遠涼爽的空間
牆上掛著一幅水彩，淡紫色、汲飽風的船帆
底下寫道：*Sail beyond bitterness.*

我不想航行於苦難**之上**，假裝沒有這回事
我望著船帆，細看、揣想，在毒辣的烈陽底下
每道皺褶是如何被撫平安放，憑著微微的海風

醒來，奶油般地

讓鹽裹著的一日

曬衣場上，汗急湧而出，我鹽分的身體，漸漸變得

黏膩。棉質的床單刮擦過，更細的部位——手臂內緣、肩胛骨、指腹間

我捏起它們，這些在青旅中休憩的，殘留物，如今遭一掃而空

我似乎看見了另一種旅行的盡頭。不是折返的終點，而是

重新算計的客房。等待、除舊、嶄新的布置；沒有名姓的來臨與道別

沒有一個習慣在此茁長。我持續地打噴嚏

在拆卸與晾衣之間，塵埃發著光，浮游於烈日

——那都使我們刺眼的。

炎夏溯溪，紀錄 I

腳底踩上碎石灘的一刻，突然地刺痛，
又踩上涼鞋，移動到石子更圓潤的地方。
是我誤判了知覺，與地景的不熟悉。

白晝的長廊
天空沒有一點雲，乾涸的澄藍中降下光線
這破紀錄的熱浪（最高溫將逐年更新──這條線的陡坡變得尖刻）
再再延長著我的昏厥、黏膩

磨腳的草叢
一隻蜻蜓，翅膀若礦石削下的薄片
擦亮了我惺忪的雙眼

強風，使我瞬間改變了重心，從思念
到對周遭的覺察

我不是任何事物的中心。
這使我安然漂浮
一片枯葉觸碰
我，仍有所警覺，在任何地方都是

體溫下降
現在
我摸起來和一塊溪裡的石頭一樣了

敬請隨意更動我的位置
用指尖、指節、整隻手，或腳
發出清脆的撞擊聲
存在的撞擊聲

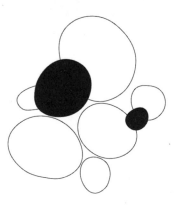

炎夏溯溪，紀錄Ⅱ

乾燥或潮濕、粗糙或滑溜，目光掃過溪谷間的亂石，頃刻之間
得出落腳的位置。這是計算與遊戲。
往上溯，攀著冰鋒，胸骨變得沁涼
而後頸，那最先被烈陽啃走的一塊則紅得發燙，長出此行的記號
與同行的友人一起，跳水、浮游、踢出鞋底的河沙
洗去指尖的苔癬、抹過小魚親吻的腳踝……

此刻我們享有同一副身體
一條溪的記憶，用經驗附載在他人的身體上，持續流動
午間，結實累累的陰影像是溪石
我渴慕觸碰它，再一次抵著、出力、向上
前往上游帶，寧靜且無聲

這裡，未被絞碎的時間

我做夢。

夢裡藍色的書壓在我的身上，一排又一排

展開它們的封面，像果皮，一字一字，吐出裡面的種子

不確定這是否稱得上一個午後。左右兩旁的陰影

已黏著各色人的形狀

完成今日的仿擬。一位讀者朝著作家大喊：「不要記錄我！」

隨後逃之夭夭。館員繼續上架著，這些被抽出來、沒看完的書

借閱量變少了，多半只是抽走一本放在筆電旁做做樣子。

一種膏藥被放在展示區：「想體驗思考的路徑嗎？

把此產品塗抹在身體上

十分鐘後即可感知到大腦思考的路徑。」

我照做了，感覺像被車撞，全身都痛

但即便我感知到路徑，所有想法仍混在一起。

在紙條上我寫下想法，建議開發人員改善

接著開始畫下那名逃走讀者的衣著、形貌，貼在查詢索書號的地方

吸吮聲，傳來一個人吸吮某種物體的聲音，大聲到

我開始想叫他安靜一點

窺視附近的隔板──男女在閱讀，窗邊的簾幕被拉了起來

所有人正襟危坐，集體凝視、專注

進入唯有沉默可以抵達的遠方

在我耳邊的裝飾物

強烈灰色的雨水
一根根鉤子
我所想藏匿的往事

洗刷出土，原來離掩蓋的時間沒那麼久
是我，小看了痛覺對於時間感的扭曲

太多的膠水、太多的亮片
溢出八卦引出的癢處
我突然想起一個加害者的名字，在我的年少
在覺得我早已康復了的此刻，我突然
能撫摸到一處傷疤

我想說它好了，真的
沒什麼值得注目，也不要誰多做停留
為何不看看我，現在的我
被雨水淋得閃亮的樣子

有時，人們會把殘膠擦乾淨
有時，他們試圖與之交疊的，是讓出傘下的陰影

那一塊早習以為常、
日以繼夜看守的陰影

芒草叢、橋邊、過河中的雙腿

河的兩端，觀望的人與遠行的人，連結他們的正是撕抓他們的
碎光、爪牙、芒草的窸窣聲

有完滿的沉默嗎？讓我擁抱
數分鐘、長至半小時，不要說話
有完整的道別嗎？聆聽一片枯葉
不畏墜落地攀著

一汪黑水，腥臭的風，從不斷移開又移開的石子間
穿出，從我們輕易定義為夢魘的地方
浮有蜻蜓的卵，大量自在地誕生

流血、赤裸，與此刻相比，竟不是最難堪的事情
我吞吃著一塊硬糖的時候，察覺一塊仍黏著的包裝紙
刮擦著我濕潤的喉間
令人作嘔

該是承認與告解，原諒的時刻
神聖性卻消失了。或許神聖性本該消失，神聖性是糖衣
一次性轉化的魔法。不過若是你染過髮，就會知道
褪色永遠在時間的後頭
顏色一階一階，剝落

有想要過河的人嗎？急流與冰冷衝進愧疚的念想
徹夜，想著拯救與溺水，成了同一件事情

如此黑暗的時刻，我碰見蜉蝣、水黽、孑孓
搔癢我的雙臂。那些我曾經看不見的、指認不出的
在一陣游動之間，掠食者已找到他們的位置

醒來，奶油般地

寶血之夜

太陽好遠，我的全身遭下腹的痛覺襲擊蜷縮成一尾瀕死的草蝦，擺動我十隻得來不易的幻肢在床上挪移夢境。我所知道的最遠的地方有流過血嗎？像我此刻的子宮一樣非自願地流血嗎？溫熱的間隙深處是深不見底的山谷，那麼想起來站在陰道口就是最高峰了，我等待有誰來眺望我的內裡。俯視我的黑暗，看穿我的黑暗，解密我的內在。

每月每月，我挑著一把劍鞘逃離太陽升起的方向，如果我遇到其他同方向的旅人，我會說：「願你的鮮血流往豐美之地。」她們會用感激的神情朝我微笑，並和我分享一路走來身上血凝成的碎塊，有的細小如沙，有的大如指甲片，她們將這些帶有腥甜氣味的種子仔細蒐羅進袋，準備好一抵達就進行播種的儀式。

回程的夜晚，它們已開始甦醒。在我們所目不及的地方，血籽在陰影扎了根，織羅了一張透氣又實用的網，連我都不知道的我在那裡結實累累，開著燦爛如火的花直到我來月再訪。第一次，當我踏上旅途時，我仍不知道寶劍就藏在自己的身體裡。直到回程時人們準備收割，我才從我的愉悅裡看見它。我伸手去抓取那把劍柄，感覺自己的下腹輕微地顫動，用力拔起，如河一般閃亮的寶血流經我，竄進每一寸還冰冷的思想。

雷雨中聚會

雨水混著柏油的臭味我關起窗來關切到場的友人三五成群，有的剛拔牙，有的正在拔藏在肉裡的往事沾滿細菌含滿血水，有的遺忘了疼痛善於轉生正在大大方方地笑。我們才剛食用完烤櫛瓜片佐香菇烘蛋佐蘋果酒佐煙燻般的晚夜，友人就集體遁逃到藍光之中了。我不明白他們為何可以同時在場又不在場，大約是十年前我們的心智都仍實實在在地留守於原地，只能留守於原地，無論甘願或不甘願。甘願化成一顆有毒的果實閃著紫黑色的茄子光澤，我猜它心是軟的，與相信所有在場的遁逃亦然。想不起誰說過那每人手中的黑鏡好像仙草一般晶瑩剔透，我說它看起來沒有這麼立體，他說那大小正適合每個人像蟲子一般鑽入。我想像一種蚯蚓般的蠕動與涼爽在青草甘美的擠壓與震動之中，想像誰聯繫我，帶著懇求、嘲諷、幽默與拘謹。雷雨中，我們誰也沒能真正面對彼此的軀體。

讓藍色樹蔭吃了悲傷

沖咖啡的香氣沾黏上你起了毛球的舊衣。事實上幾日沒洗了
沾黏上的也不只有咖啡的氣息，還有你的離去
空氣之中綿軟潮濕
藍色飄忽的樹蔭乘著，一陣突然壓不下的過往
成為
刺人的閃光，一道道，一瓣瓣
膨脹於記憶之中

看似我有幾個選擇：

一、把這株花的各個部位做成壓花書籤，夾在詩篇之間
二、和當日的雞骨一起扔了，從此不再理
三、點燃香氛蠟燭，與它們一起浸在澡缸中
……

一一寫下，在一張泛黃的、不起眼的日曆紙上
選擇越來越多
令人猶疑、耽溺
在藍色的樹蔭下

白色閃光，一瓣瓣

腳程，再快一點。如果你的愛是監視
我要逃離這座白鐵籠子
上頭的閃光，詭譎的弧形，一道道，一瓣瓣

你穿上過大的西裝外套，肩膀不自覺地
內縮了，對我的溫柔，可以是聆聽我說些什麼嗎？
不要送我玫瑰。不要單方面的耳語。

我去看海了，在堤防邊，你選擇缺席的時候
碎浪拍擊黑色的礁岩。我想起我們第一次
魯莽、不得體的真摯

沒有路標能讓我跟上
但岔路幾乎是自己展開的，就這樣，輕鬆自在
攤在我的面前

我能趕上疼惜我的黃昏嗎？
風中的鹽於手臂上，結晶，又輕易地被抹去

站立紅泥之中

無盡的等待，一攤充滿慾望、思念、猜忌與憤恨的紅泥

「我要占有你。」你低沉的嗓子從電話另一頭，

刮出這句毫無廉恥的話

——圍著另一女人的絲巾、另一女人的香水

你渴望愛的方式是成為中心，而我將永遠是外圍

你隨意經過的一個，你漫不經心欺騙的一個

這不是我或任何誰渴望的位置，被想像成

單一群體的一部分、一個物種、一個幾乎是放棄理解的對立面。

「你們女人……」

這話時而成為一堵高牆，成為一汪平視時難以跨越的黑水，

同時又將「我們」包裹在一起，共享一副

流血的身體，輪流站在

一個需要誰哼歌的搖籃外

給你絲巾的女人，很快會變成等待的女人嗎？若你厭棄。

我倒希望局勢是相反的，讓她掃掃家門，整理

那個她不必然需要的東西。

你答應

再和我見面那天

我將紅泥抹在了身上

不畏懼成為不同、亦不是成為誰的襯托

要你看見我，僅僅是我

失去隱蔽是我唯一的防禦

無法複製的局部

剝一些自由的皮

「剝一些自由的皮吧。」你說
「從我身上嗎？我沒有那種東西。」
對著屋裡久坐的人，你分不清那是困惑還是固執

「從河流，甜根子草的花絮，
從傘狀的苦楝，我們歇息的陰影。
從風銘刻在我們臉中的表情。」

你繼續，細數你身後
在某些時刻剝下的
這些供你穿暖的皮囊
讓他觸碰——記憶

「隨心所欲？」
「總是這樣。」你回答道。

同一株植物，兩股完全不同的方向
鬆軟的花瓣在風中——晃動、破裂、飄散
你告訴他那並非危險
即將脫落的，果實——爲了落地、扎根、通往暗處
你告訴他那並非定局

自由不是體驗過就可以忍受失去的東西

這個下午

我被告知我只能占據一點點

自由的身體

於是我拿起小刀，皮革製的手柄

就這麼割了起來

你跳舞的音樂

醒來，奶油般地

夜谷

我等待夜鷹的聲音止歇才睡去
已經是清晨

窗簾遮擋住絕大多數的天色
我騎著單車前往寂寥的下午，餐車
阿姨的一天才要開始，溫熱的湯滲入胃中，
我獨自一人占有的太陽，差不多就是這個位置

一晚的不眠捲成數週的不眠
我獨自一人占有的捲菸

慣常從夜谷裡夜遊回來，我漸漸
理解那些拖沓蝸牛的痕跡，卻還是常常踩死
胡亂沾黏草的氣味
嘔吐的土味

在日光燈直盯著的走廊上，數種蛾拚命地
誤認、誤認、誤認
多麼像我

從湖畔走回時，一些星星以為我是湯匙，
全墜了下來

拖沓的路徑

我帶回一首不是唱給我的歌

看著天空無數飛機駛過，載著無數離開的念頭

我還被一隻野狗舔了幾口

牠彷彿正確認我是同謀還是叛徒

──從夢境脫韁的野馬

夜谷裡　唯一記得的歌聲

是那隻不知去向的夜鷹

一日教授說他遇見了

蹲在馬路上，動也不動，汲取柏油的餘溫

那是牠認定太陽的位置

與危險相近

多麼像我

──記二〇一四年於花蓮學校宿舍

醒來，奶油般地

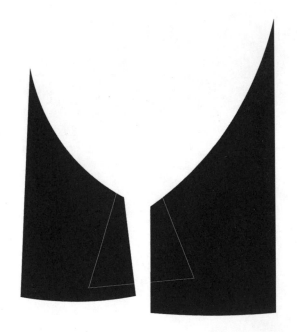

清晨

翻動棉被

過往在寒冷的羽毛之外

沒有進來

正當我打算安心繼續睡去

不透光的窗簾給了鴿子自在咕噥的機會

我不得不起身

伸手一拉開

正好與牠對上了

驚恐又惋惜

拉開簾幕前

以爲世界總會等我醒過來　再運轉

但世界的花蕊不停誕生

我只是它末稍　的末稍　的末稍

它要我醒得

甜美如誘餌

該怎麼不把昨天汙穢的精神帶到今天

該怎麼向萬物表明我想要開始自己的獻祭

該怎麼讓一個夢溜走又不損及味蕾──品嘗記憶的糖絲

我似乎無法控制我醒來的方式
那麼像剛抱緊一個人
又遺失一個

清晨
牛奶的光
收攏我的意識
直到一個芽點長出
從我麻木的四肢

醒來，奶油般地

有喉嚨的生物

有喉嚨的生物
到處探尋其他有喉嚨的生物，意圖：
扭斷、抽噎、劃開
恐懼興奮的冷

喉嚨，食物的通道，語言
打結的地方。作嘔的、清嗓的、咆哮的
情緒長了根的地下室
什麼生物有喉嚨？牠們是否理解這通道
消化與行經之一切
內在與世界的連理

召喚同伴的狗吠聲
吞食魚蝦的鷺鷥群
熊撕咬第一口春天奔跑的肉體
那頭鹿嚼食的每一根草
成為　　成為

有喉嚨的生物，到處探尋其他有喉嚨的生物
雙手懷有暴力的衝動
似乎忘了他們共享了些什麼
來自黑暗的溫潤

世界之風

在米色的車廂內，處處是昏厥的人們
垂著頭，結穗於無聊的張望

我乘著它而來，乘著它遠去
製造了好多
空洞的　珊瑚狀的時間

離開海的珊瑚，受曝曬的珊瑚
我在這些孔隙裡寫詩

窗外的景色以時速八十公里飛逝
而我的無所適從便有了慣性

待我終於也垂下頭，卻未有誰來收割我
耳朵裡的音樂慢慢融化

要怎麼在這充滿意外的列車
使一個念頭純粹？

好不容易堅持了數十站
一出了米色車廂
皮膚就沾染
對於陽光的思念

世界之風環抱著我
我的影子未曾如此挺立

紅嘴黑鵯成群地棲息在樹冠中
另一種移動的莓果

那是穿越米色隧道第一眼深刻的事物
從新店轉乘至關渡
前往研究所課堂的途中

牠們警戒我的經過
忽地暫停歌唱，又隨即忽略
在那短暫的時間內，漲大、漏氣、鬆弛
我觀看牠們的目光
被牠們占有的目光

——記往北藝大途中

醒來，奶油般地

行經火口的一日

草原上撒野的黑狗

咬著太陽的舌頭不放

痛覺四溢

步道中央，揮汗如雨的肉體

竹林裡唯一無毛的動物

列隊走往山頂

休憩處，能看見煙不斷往上竄升

旋轉，爾後消失

濃豔的結晶體是它貯藏思想的方式

持續兩百萬年的吐息

以山的年齡來說

依舊年輕

活火山邊

一名老婦

不自覺地繞著家務侃侃而談

媳婦悖德、孩子不肖、孫子無知

世俗的臭味突然變得濃郁

甚比硫磺刺鼻

遂扭頭離去
山稜線俐落地將底下盛景割落
我將彎曲的鋤刀
收進胸臆
來日　這把刀將在海拔更低的地方
收割苦苦的笛音

我的腳程輕快
同伴是編織者　為行經的植物一一唱名
其中，破傘蕨的身世來自兩億年前
而我差點頭也不回
如兩億年來的一滴雨

令人清醒的歌聲
畫眉鳥　成群穿梭於層層樹蔭之間
跳躍的藍色陰影
為我們啣起疲憊
不遺餘力

冷風凝結
穿越堅固的日光
我與同伴們時而伸展
那些在平日裡逐漸定型的事物
比如恭維、道歉的方式

隱忍、勉強出的良善

在這裡　你不過是一朵未命名的野花

還沒學會誘惑自己的蝶

山腰處，一個溪口

堆砌來程時滿是閃亮的謊

我不忍直視，試圖遺忘

那也是我即將回返的

一種生活的形式

——記步行於風櫃嘴至七星山之路程

七月的盡頭

七月的盡頭，海在記憶深處

不等待誰前往

冷斂眨著灰色捲動的邊

世界已變化多次，它嘗得到自己

碰撞與流湧中

帶著油汙、塑料與種種

最後確信將被遺忘的

溫暖、不甘、偉大與憎惡

擊中誰的側臉

七月的盡頭，看似無盡

一條封鎖線後有人渴望海浪

在記憶深處，冰峰包裹著皮囊

青藍色的海──唯一可能包容他的

深深，他閉上了眼

事實無法久佇，在永恆的半刻

他相信自己擁有風的肉體

破海的光一般的眼睛

然而布條依然警示

這裡是危險的所在（恐嚇或期盼？）

這裡有真正的盡頭

若是如此，他也準備好了

一如海浪準備好自己的無盡

他決心在盡頭尋找唯有在盡頭可以尋找到的

相信回頭的一念

何處是岸，何處就適合

深深，將孤念垂釣於閃光之中

他相信

所有沉入海中的都會浮起

砂石邊

他等待他的快樂漂上海灘

醒來，奶油般地

河堤的偶然

一無所有的河畔
眾人搬遷寂寞
搶奪一塊塊草地
豐美　帶有樹蔭
陰影遮蔽陰影

強烈的心願：
抵達雲海的盡頭
以閃爍發燙的皮膚
翻新我

空曠處，一顆皮球高飛
遠離了男孩的勝利

留我在緩慢之中
蟬鳴羅織著
青色的預感

一無所有的河畔
平躺的姿勢、奔跑的姿勢、停歇的姿勢
沒有人回頭
閉眼的剎那──
深陷草
如此
跌進時間的斷面

廢田，冷海，曠野中的白矢

吐沙的黃昏使人愣怔

那裡曾有生活的溫舌，整片踏滿水鳥的濕地

農田廢耕，收購，一甲子彎腰的日子

消失在一紙移轉的地契。

白紙黑字的條文，記錄了什麼？

「不是不想留下來」，痀僂的身影比曾經結滿穗的稻穀要彎

「鹽分太厚、海風太刺，稻子難活。」

細數理由，老人沒說的留在拉長的影子底，流回荒廢的水圳

他專心簽字，慢慢簽，汗滑過他的手指間，筆桿

越來越黏，突然湧上的記憶

或許這是最後一次他的名字與這塊地有所關連

一輛卡車運來幾個人、幾台機械

揚起一片塵土。在一棵樹面前，遮住小徑，他過往回家的路上

2

「那風機一直轉一直轉，

整個鎮上只剩下糨糊似的語言。」

留守者，不停仰頭

在她眼中是白骨。在他人眼中，是收割海風的使者、曠野中的白矢。

「爲什麼這麼近？」

黑狗狂吠，一百公尺外的巨大風扇，蜂群聲、嚅囁聲、尖嘯聲

無時無刻混入脫臼的景致

她撿拾底下的鳥屍、蝙蝠的翅膀

試圖解釋她夜不成眠，但這些稱不上**證據**

上面這麼說（哪裡的上面？她沒問出口。總之每一種位階都比她高）

命運的新刺在垂老的防風林中突破

廣大的海口，整片鬼魂似的白骨，齊聲絞碎一種意志

沙風越積越多，卡進蕾絲被、燒水壺、沙發上老女人的腳趾間

白矢亦落在海上，成群低鳴。船長繞開這些三芒星

危險、高樓般壓迫、象徵著驅離。插下風機的位置再也不屬於

討海者，在一場看不見的交易，吞下結論

「別回頭。」白燈熾熱，陰影切開撒網的手。

恐懼不來自黑暗，而是失去

空有引擎而無法進入的海域，已然是記憶的墳場

這是變革還是騙局？

「不是買更大的船出海，就是改一改去巡邏風機……」

巡邏這些巨大的白骨——

選擇成為兩條筆直的黑線，窄小、矇矓

同行已有人出售他們的網子。最後一次出航，浮球一個個飄散海外，

無心回收。殘餘的暖意逐漸涼去。

往後還能如何穿行這片海域？

這養出他二十年一身的風骨

4

夏日，溫暖的颶風，扭斷風機頭骨總毫不費力
巨大的停止，在維修人員的指尖
「是什麼樣的轉動讓透明成為電流？
而我碰觸的又是什麼樣的中心？」
遠處發光的燈火，星沙一樣微弱、誘人
很難想像這與之有某種連結
乳色的，暈眩的，瞠目結舌的真實
藤一樣地勒緊。損壞處，年復一年更加嚴重
他並不懷疑它的存在，而是**位置**。
被塑造得如此神聖，如此地聖潔

醒來，奶油般地

關於爐火的二三事

我以爲到了冬天意志將死去，或冬眠，到哪裡去了

但這是我唯一最靠近火的時刻

我坐在燃燒且柔軟，焰的邊緣烤暖身體，把一些生冷的想法也丟進去

聖誕老人從煙囪落下時遭餘燼灼傷

帶著禮物罵了聲髒話

一個女孩趴在瓦斯爐上點燃髮絲以藍色烈火

測試自身的靈魂

若我意圖燃燒我的害臊

我該丟入哪個部分？

手指中不聽使喚的成分在十度C以下將涵蓋到極致

但一靠近爐火

我便理解它仍是可以挽回某些事物

祕密在我們這一代已變得人人可攜，數十數百個

尤其是爐邊，根本像落下祕密的果樹一樣，在採集地人人卻精挑細選

無不希望撿回的是最特別的一個

我們亦也在爐前親密擁抱、接吻、磨蹭

彼此一整日的生疏，是連花苞都還沒長的尖細枝枒

烏鴉在春夏時築的巢被留了下來，格外顯眼

意味著霸占，冰冷且無用

在火前，這一切盡消解了，影子
與越來越淺的恨意讓我更緊地黏貼著你的心臟
我意圖伸手捉取它
就像捉取某個活物
從某個草原上、沙漠、或者星空底下
相信它是來自那麼廣大的地方

醒來，奶油般地

風在吃食著

多脊椎的島，多心的四月

太陽走走停停

風在吃食著

大塊的春天，人們心頭甜甜的芽子

也就是昨日看見的餘暉、

巧遇的友人、永遠年輕的電影

一幕：

濕地中央奔跑著的人們陷入了時間

陷入了長長遠遠的原諒

一步卻比一步重

該拿什麼來面對世界的盡頭、

美的無盡？

流蜜的手指挖出了蝦貝

腹部柔軟、陰白

一生的恐懼

多領主的憂思，多詭譎的不信任

到底虛無能消解多少虛無

抑或前往的方向是否真實存在？

我不斷夢見我的未來

小小重疊的黑影

幾位考古學家正蹲踞於此

研究著所謂自由意志

無垠、稀薄、霧氣騰騰

風在吃食著

响午水泥的樓間

一個搬運工人右手的傷勢

痛覺是顫抖了　如墜落的木棉

內心，一個妻子久久等候的身影

卻不曾閃爍過

「悲傷從不是虛無。」挖走路燈的人答道

他苦苦地把整座山

還給生下它的黑夜

哭所以年輕　所以奔走

多皮膚的山色眾人為之傾倒

忘了流浪的黑洞

在大塊、鬆散、無結構的春日裡

風在吃食著

像土裡無頭無腦的蟲　迷惑地蠕動

對美好、恐懼與悲憫的末梢產生渴望

就要甦醒了

我告訴自己

面對未知還能踩在陰影深處的那種信步

已前去探詢過

醒來，奶油般地

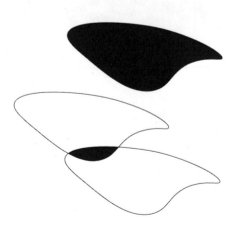

太過在意的時刻

「交出槳。」她說。

一艘搖晃的小船上，我不安心地丟失

方向、掌控者的身分、離別或重逢的機會

船在閃光的急流下漂遠。一排排站立的風聲，緊盯

之中的每個人。誰——

想伸手去抓那一隻放在船頭的槳？

監視在沉默中構成一條鐵鍊

儘管這並非一開始的

目的：你能花多久的時間把目光別向兩側？

「快看！」一隻蒼鷺展開近兩尺的翅翼

降落在此前沒人注意的

泥灘上，招潮蟹成群鑽洞、吐沙

幾座墳隱遁於樹叢後

生卒年遠至三百年前

判斷，河的淹沒是新事件

自以為優美的行經，事實上遭老舊的死亡包圍

半沉沒的墳塚，死亡不再新鮮，喪失了威脅性

擦過我們頭頂的，春芽奔走於褐黃的樹枝

我一下子弄懂了死亡的養分去了哪裡

身旁的人，指著船底拖曳而出的漣漪
仔細看，有魚緩慢一開一合的嘴，一叢叢黑影
他淡漠地說道：「支撐我們的一直是飢餓。」

突然一陣搖晃，船身撞擊
抵達的時刻。她拍拍我的肩膀
若檢測一個即將成熟的果實
然後輕鬆割下

——記參與吳俞萱的詩沙龍，「從空白浮現的聲音」

醒來，奶油般地

無法複製的局部

月光，碎石子，不經意的一絆

復恢復平衡，在蛙鳴四起的夜晚（蛙鳴

像鳥叫，需要仔細辨認）這一空曠處不是望眼即穿的空曠

螢火蟲鬼火般地飄走，枯枝

勾抓著褲腳不放。來路與前路，同樣是暗透了的紙花

讓人眩目的屏神，安分與危險

均混在同行的四人身上

我們的立足點在

何處？穿行這些無預緊的軌跡，碰見什麼全憑運氣

找尋什麼的那一刻開始，盲區

就發生了。無限放大、環繞、加深

我們所不知道的黑夜

2

吹到馬路邊的，是綠繡眼編織到一半的巢
兩種料材：軟枯枝和花絮。那是每日的承接
我似乎從沒想過，相較於水泥
該有更好接住我的東西。我自己選擇的
站到一旁，讓影子收納我。拒絕表演出微笑
若沒什麼好值得動心的。
別收回雙手，當我看見有人朝屋簷外的雨水探測
我說：感覺它多麼的冰
感覺它的去處——可能也是你的

雲從山谷散溢到鎮上的
下午我騎著車穿著短褲，冷風一步一步往我大腿爬
那感覺像吻，像道別後打開窗戶，送走滯留太久的空氣
我騎著車去往哪裡了？
十之八九是海邊。抵達前我總會迷一小段路。

看到海我就放鬆了。
它說：「沒事、沒事。」

無論我拍下多少次照、錄下多少次海
這話只有我在它面前才說得出口
我就是為此而來的

4

雨後的山是那麼清晰
山巒線呈鋸齒狀，所有樹露出它的樹冠
地勢與荒漠，所有羊腸小徑
死結或通往登頂的路
簡直是在告訴衆人如何進入它

但隨即又起霧了
在一個轉頭、一次猶疑、一點慌張下
現在，這些風景，咻咻地凝結成過去
成爲難以回顧的色澤與氣味
充滿刺點的遺忘

「該收心了。」
他盯著我
期待我拉著一條線，像收風箏一樣
慢慢降落流往遠方的念想

「繫上一條線不是我敞開的方式。
我的心棉絮一般四散各處。
發完了就還得再長。」
我回應道。一邊解釋著長出心所苛求的困難代價。

他明白的瞬間塞給我了一本書，和一本寫字本。
於是我開始謄寫那個出遊的週末。所有細節、所有
動魄的景致、所有困擾著我的。

當我知道我不可能重演它，我停筆了。
心又像棉絮一樣飄了出去。

6

足球、網球、飛盤、羽毛球……

運動完後的草地充斥遭蹂躪的花
以前從未注意過，它們承擔著狂喜、
激動與興奮。

一次膝蓋著地、一次是側身、一次是
手肘與屁股。沾滿泥濘。草地上出現了各色壓痕。

我喜歡柔軟的草地勝過冷硬的水泥
每個月初，管理方會大面積割草，草腥味充斥於空氣之中
跌倒的傷口，也沾染著這種氣味。

這種割光了也還能再生的氣味
使我充滿力氣

鳥聲片片

在高架橋下，傍晚，無歇止的八哥群

成爲跑者耳邊的暴風

你無法忽視那摔進骨子裡的聲音

我始終好奇那是什麼樣的語言

能夠每日龐然壯碩

我試著在橋底仔細尋找牠們的蹤跡

可除了語言

一切全隱蔽起來

喬木，綠花花的，竄至六層樓高
野鳥休憩、蕨與藤攀爬其中
土底是菇菌、冬眠的甲蟲、幼年的螢火蟲和蟬
與喬木正對著的是，齊高的一棟公寓
僅僅住著兩個人
我不禁訝異於我們需要的空間是如此之大

我開始多次離開
我的居所
蜂鳥一樣的活躍

我，一個被遺落在兩塊田園之間的
二十多歲青年，看著一群水蟻橫衝直撞
逼得居民們都關起了燈
方圓二十公里全然的黑暗

這時才亮了起來
夏季銀河　給了我
銀色的瞳仁

在亟欲逃離一種生物交歡之時
在眾人恐懼、害怕牠們自我解體、翅膀紛飛之時
我看見了流星

「快許願。」我在心裡想
但還沒等願望浮起
一隻水蟻撞上我的臉頰

「走開！」我喊道
「那是對水蟻喊的。」
我不甘心地又補了一句，明知無法收回
同樣是意外的東西

現在那也成爲願望了
我看著奇蹟在我手中毀爲一旦
只因我不夠
信任黑夜

斑蝶的翅膀破了
看起來實在不像飛了一千多公里
尤其在孩子的手掌心上
這越洋的決心略顯單薄
不真實，像一對塑膠亮片

當他看見一對塑膠亮片
那或許就只是一對塑膠亮片
可以黏在美術作業上

忽高忽低、閃爍
五分鐘前
他盡力，跳了起來，一把捏住牠唯一還完好的地方
讓美不要超越他所能觸及的範圍

這致命的
呵護與渴慕
他不知道

11

電影之中的森林充滿了寓意：詭譎、不安、讓人迷失
抑或——沉醉的夏日戀情、野營火光、獵場
而當我眞正抵達了森林
我只感覺到一種深藍色的浸泡

那種夜色是福馬林，使我成爲森林的一分子
蛙叫、蟲鳴、即將昏睡的鳥兒⋯⋯
聲響搖晃成沙鈴，要我用舞步走進

五月的山徑
落滿了油桐花
一股甜膩占據我
數分鐘，很快變成數小時

我實在很想接受這種逃離
但不得不把恐懼找回來
作我的照明
引路回山下

速度，不期然找上我

（黑燕子的季節）

一刻被切成了一千個、一萬個瞬間

隨時隨地，「你是過去與未來，但絕不是現在」

現在，是訊息的溫床，每當我想知道點什麼，

那東西就膨大、潮濕、迅速地增生

我的「知」就那樣留在那裡

被其他的血管瘤、溫度與紅潤的色澤給取代

沒想過活著的全部活了過來

已經死了的又死了一遍

「望遠凝視！看著遠方那座山！」

「報告老師，前方沒有山。」

「那就看大樓！超過一公里的距離。」

你不知道一公里看起來多遠，只知道

這三分鐘的拔除練習對你來說沒有意義。

（黑燕子開始築巢了）

一刻，被切成一萬次點擊，

同時遭受性撩撥與關注時事、在遊戲中學習與死亡、

同時憂懼與快樂、貪婪與被貪婪左右、

同時詛咒與讚美，同一件事情，一千種聲音

分成兩束，又不只是兩束

（黑燕子在孵蛋）

抓起其中一束進行辯護到底的編織

直到發現其中一條線黑掉

「沒什麼好說的了，你們這些……」

撇清、自嘲、反諷

那不過是一種虛擬的公眾

（黑燕子的下一代破殼而出）

同時在繼續：在直播間即時傳遞心情是一種情緒流動嗎？

開始一篇禁止留言的貼文有什麼好處？

新一代甚至不需要面對面幹架、拉進群組侮辱就夠

為什麼有人可以從虛擬中退場，有人不行？

什麼時候我們將現實抽得如此真空？

（小黑燕子渴望吃食的啁啾聲掉下來）

（砸中我的腳。我沒抬頭。）

和人傳訊息互聊可以取代坐在旁邊的長談嗎？

如果任一方可以隨意消失

或截圖、以你的話作為證據，或碰面了假裝沒有那回事

（我告訴自己不會有所感覺的，

除非砸中我的是一隻燕子）

速度，不期然找上我

我任由分心的感受成為我唯一的感受

（然而牠們早已在一個月前離巢，

我不知道。）

製造撫摸的渴望、絕對的可愛、無害，以及
治癒。人們是如此形容這樣的影像
當動物以一種去野性的慵懶進入我們的視野
難以訴說的疲憊被消抵：

一隻貓擠進窄小的玻璃杯子
一群企鵝在冰原上左右搖擺的縮時攝影
貓頭鷹睜大著眼睛在明亮的地方左右轉動
一隻會溜滑板的狗、會解謎的鸚鵡、
一對在浴缸洗澡的水獺、一群在後院每晚討食的浣熊、
被餵食器引出森林的群鳥、剛出生的老虎、
被拯救的鯨、保溫箱裡的蜥蜴、泡溫泉的水豚……

生存的困難消解了，逃離的慾望製造另一場逃離
活在霧氣騰騰的溫室裡，緩慢地生長、呼吸、腐爛
搬來一些花，設法讓蝴蝶飛過面前
把毛絨絨的玩偶塞進腋下，用無法對待貓狗的暴力對待它
要多大劑量的可愛、多少雙溫柔的眼睛？

這樣的渴求，似乎讓什麼樣的動物都可以被製造出來
冠上一種毫不相干的稱謂
把一條魚說成是龍、武士，把一隻老鼠說成是龍貓，常有的事
我們愛我們想要的

當此種愛被抽離，就像撐緊了太多圈的橡皮筋
釋放傷害，對準過去、此時、未來，轉瞬之間

窗關緊一點吧，風會滲進

昨晚的夢、今日沉浸的壯舉

「沉浸還是耽溺？」

「摘花放進水瓶內的時候，是否意會到這種衝動源於何處？」

草皮，對了。次生林，不對。

盆栽，對了。但最好是鮮花。

讓活生生的事物環繞我。讓我感覺被寵愛。但把

風關緊一點吧。思考會被吹散。

好不容易製造出來的氛圍——真是的，蟲會飛進來。

再多說一點吧，你說你是怎麼發現那頭鹿？怎麼

能忍受牠死前炯炯的目光？在僵直的生命前嚴肅、莊重

鋸下那高達兩尺的頭顱，掛在牆面上

讓征服、無盡的憐憫、唾手可得的野性，在每日生活的起居

提醒，一場注定獲勝的追逐賽

這是不是就是靈性？擁有一頭巨大的獵物

狂風的舌尖碰不到牠，草腥味和皮草裡的霉因而默不作聲

真喜歡這具體成形的悲傷，乾淨、絲滑。

——主人繼續對獵人這麼說。風從門縫裡吹響木櫥櫃、

瓷器，銀邊上的灰塵。一片柔軟的花瓣在顫抖

草叢上、瓶口緣，沒有什麼不同。

15

紫色的海潮散發著一種抵達的氣息
甘願花上大把的時間躺在這裡
直到手是砂礫石、靈魂是風、內臟爬滿底部安靜的螺貝
在廣大中粉碎

或許粉碎是好處
帶不走的無邊安寧，化約成：
瓶中沙、螺旋貝殼、一塊被浪磨圓的亮石子

人人都想帶走一點知道永遠不屬於自己的東西
在那象徵物下受庇護
像是一塊符咒

我也是這樣的
當我被要求離開
趕往他們說擁有生活的去處
一塊曬得發燙、死去的珊瑚
在我手中漸漸涼去

峽谷底部溫良的溪水使我看得目不轉睛
它的鋒利不是一天造成的

它穿越的路徑，使我今天得以來到這裡
往前往後，盡是死亡的積累 4

這樣的深入，是山的敞開嗎？是溪水切割的意志嗎？
還是我行駛數小時，爲了目睹的渴望？

望著水卻碰不到水
唯有蝙蝠，這樣有翅膀的生物，輕易於垂直的起落
但只有人類會不惜一切代價
爲了目睹天空成爲一線

爲了持續擁有一片風景
危險的稜角被切除了
讓人流血的、磨破皮的、阻礙視野的

4　太魯閣的大理岩，是由死去的生物長年沉積在海洋，後因板塊運動高溫擠壓而致。

17

會在風裡迷路嗎？
如果是一隻鳥、一隻蝶，或一隻蟲子

會在逃亡裡迷路嗎？
如果是一尾從水族館放生的魚、受擾動的鯨

會在追捕中迷路嗎？
如果是沿途滴下的血，腳印與就要得手的喊聲

會在抵達中迷路嗎？
一條盡頭，容納千萬人躺下的草原
沒有名字的星子就這樣砸落下來，預示與往前不同的路徑

〈無法複製的局部〉最開始書寫爲組詩，其中部分曾獨立發表，以下記錄該編號獨立
發表時的單篇題名：12 曾刊於《上下游副刊》，名爲〈黑燕子的季節〉；13 曾刊於《上
下游副刊》，名爲〈Instant Cute〉；14 曾刊於《詩生萬物：2023 臺北詩歌節詩選》，
名爲〈柔軟源自於何處〉。其餘編號無題。

後記黑　　色　　玻　　璃

前陣子日環食在美國西部出現，我的社群上到處
是人們轉發的奇形怪狀的樹影──原本飽滿的
光線遭陰影遮蓋，於是落在地上的影子就像新月
一樣又尖又細，好像誰勾勒出來的素描畫。在這
事件當中，人們著迷地看著原先日常裡固有的事
物，它們變形了，混入了異樣與陌生，恍若有人
趁他們不注意時對現實施展了幻術。人們集體上
街，帶著一塊塊黑色玻璃、黑色壓克力等工具出
門，興奮地期待著。不過撤除掉日食本身與其所
被遮擋的光線外，光是有一小段時間聚集大量人
潮、透過一片片黑色去觀看就已足夠不可思議。
在等待的期間，人們拿著那黑色玻璃到處張望，
於是戀人的臉變成了黑灰色的、嬰兒的微笑變成
了黑灰色的、老人家坐在陽臺悠閒曬太陽的身影
變成了黑灰色的。就這麼一次，人們對於這遮擋
世界的顏色有了容忍與覺察。

擁有重新注視的目光其實相當珍貴，正是因為這
種注視，我們才能從無數習以為常的生活裡找到
驚奇之處、擁有感悟與反思。這種再注視也是在
這本詩集裡所追求的。不過日食能夠被預告、經
由科學家計算，還能得知會出沒在哪個特定的位
置，在其他沒有日食的日子裡，我們要如何擁有
這樣的目光？我想詩是那一塊塊的黑色玻璃，在
平常日子裡，人們拿著這樣的東西不知所措，但
總會有藉此將什麼看得更清楚的時刻。

《醒來，奶油般地》這本詩集中，我以三輯各自寫了不同的主題：「骷髏狀的人馬」寫我在都市裡的生活感受與打工時期的所思，「身體群像」則關於我的身體經驗，而「無法複製的局部」寫那些與我共生的自然，也就是只有能親眼見證的一切。

我告訴母親我的第二本詩集即將出版了，她則問這個書名是什麼意思？我說生活就像煎鍋上的奶油一樣，很快就會燒焦，是「一邊醒來一邊感到痛苦」的意思。她似乎對於我有這樣的感受感到詫異。在母親眼中，生活或許是相對單純的吧，上班之餘排休，去探訪家人或出門走走。到頭來，我才是那個想得太多而到哪裡都格格不入的人。我的幸福注定與我的痛苦相互滋長，因著我以梳理苦厄為生，言說才讓我有了一絲絲存在的位置。

從工作回學校念書的第一年，我到飲料店打工，展開了為期一年半工半讀的日子。這並不是我第一次打工，卻是在餐飲業做得最久的一次。我的母親在我約莫高中時重返就業職場，就此開始了在餐廳工作的日子。餐飲業的共通特性是，你需要在一般人用餐之前吃飯，為此午餐和晚餐的時間被打亂了，你尚未感覺到飢餓，卻總是必須先胡亂往胃裡塞點什麼，因為待會可沒有時間吃飯。是以，在打工的日子裡，我不禁感覺到我與她是共享著同一副勞動的身體。

我們都是動作很快的人，我以我的敏捷與能幹
為傲，不過長時間的磨耗或許跟人的意志無
關。當然我的母親辛苦多了，且我與那些在勞
動現場擔任正職工作的人經驗仍差遠了，然而
儘管於此，我仍感受到一種矛盾是，當我的雇
主讚頌著這些大量重複的勞動時，我感受不到
具體的意義。

如何在看似被動的狀態中持續維持著自己的主動
性？我想這是作為受雇者的普遍難題。然而這
也很難說單單是雇主的責任，社會結構所建構的
價值觀與之環環相扣。我遇到的雇主的確都是不
錯的雇主，才能還算是維持了一年之久的打工生
活。但這些受雇者值得擁有一個更好的環境條件
嗎？一定是的。

在輯一「骷髏狀的人馬」裡，我還延伸談及了諸
多不同都市裡的角色，例如必須常常趕路的送貨
員、從辦公大樓走出來偷閒的上班族、從市中心
移動到郊外的捕狗者，等等。我希望這些聲音能
呈現出更多的非我感受，但也深知其中帶有偏好
與揀選，是不足的部分。另外一些則是以寓言方
式書寫，寫這些急速流動的時間所招致的：焦
慮、恐慌、壓抑，與無時無刻磨耗著我們的城市
價值。我自己至今仍未有解方，卻透過捕捉隱蔽
於日常的這些存在，我知道我是待在了什麼樣的
位置。

輯二「身體群像」一開始是想寫女性經驗，然而越是朝這方面發想，越有種自我刻板化的束縛。我自己作為一個女性，還要在乎什麼樣寫出來的東西才可以被歸類為女性書寫嗎？這種反思在二○二三年六月的 #MeToo 事件中變得迫切與強烈。七月，我在《自由副刊》發表了一篇散文，〈應在場的不在場〉，處理自己在這場運動中的觀看與困惑。而回到詩集中，我希望藉由我書寫自己的身體經驗去擴展女性書寫這樣的標籤，我在曬衣場進行勞動的身體、和朋友們溯溪變得冰涼的身體、在圖書館進行漫長閱讀的身體……這些都是我經驗的一部分。於是，除了那些只有在女性身上會發生的事，我也寫了同時是會在所有人身上會發生的事。

本輯中的〈讓藍色樹蔭吃了悲傷〉、〈白色閃光，一瓣瓣〉、〈站立紅泥之中〉這三首詩，其實是奇士勞斯基的電影「藍白紅三部曲」所啟發，但寫著的過程中已與電影無關，與「自由、平等、博愛」三個原先電影的主軸更沒有連結。除〈讓藍色樹蔭吃了悲傷〉這一首算得上是與《藍色情挑》相符，寫一個從逃離悲傷到坦然面對的過程，後兩首詩基本已脫離原有電影情節，是我自己另外發想出來的故事，為的是想呈現女人主動訴說、行動、改變的一面。思及至此，能不能與電影完全扣連就變得不那麼重要了。

在花蓮念了四年書，眞實地感受到什麼是會黏人的土地，也如當初學校的老師們所說，從這裡帶走的絕非只有美好的記憶，還有一種面對土地的態度。如今在大臺北也居住了四年了，已經從無法適應的動盪，轉化成了觀察城鄉之間的變化與差異。二〇一九年結束從波蘭的交換回臺後，我發現對於自己所居住的島嶼十分無知，又因爲一些契機接觸到了公視《我們的島》這個節目，進而開始關注環境議題。二〇二二年春天，我曾加入荒野保護協會的解說員訓練，爲的是想對環境有進一步認識。後來雖未持續參與，卻有幸認識一群熱愛環境的民眾，藉由他們所帶領的走讀，理解到了臺北也並不只是個都會區，其中的濕地、郊山，甚至公園，這些假日散心之處所擁有的生態，是平時沿捷運線、大馬路的我們所未可見，卻眞實存在於這片都會區中的。

作爲環境議題的初學者，我想，去顧及所有面向是困難的，卻仍想書寫那些所從中領略到的、觀察到的事物。我常告訴朋友傍晚天未暗的空中有蝙蝠，而他們會說：「眞的嗎？」我則繼續說道那些蝙蝠可能住在停車場、地下室、水管，牠們飛行的路徑跟燕子不一樣，光看飛行軌跡就可以看出。我也曾在父親開車行經北海岸的路上指認出一隻老鷹（我沒有厲害到認出確切的種類），而

父親一樣是驚訝且懷疑地看著我說：「真的嗎？」我如何能告訴這些人，我們以為的自然，其實就在身邊不遠處，而非以為的遠方呢？

「無法複製的局部」，那其中意思是，我認為自然的體驗是無法輕易藉由文字、攝影、繪畫等方式所重現的。當我試圖描繪一朵花在路邊所帶給我的感動，無論當下的感受有多麼具體，訴說之很容易只是自顧自地耽溺。是以我想，書寫這些也成為了最困難的地方。其中的得獎作〈廢田，冷海，曠野中的白矢〉，有賴於《上下游新聞》的〈【重磅調查】大風吹，吹什麼？風電重擊的海口人生〉這篇深度報導。這些記者費時一年，訪問了當地居民、漁民等，並同時借鏡英國經驗，試圖提供其解決的辦法。我希望他們所宣揚的價值被看見，於是寫了這首詩。我無疑是相信綠電的必要性，然而我們在興建相關措施，或者任何「有益於公眾」的建設時，是否能更加細緻地執行呢？臺東紅葉村就曾花了半年時間與地方居民溝通，重新將溫泉與地熱產業結合，我想成功的例子還是有的。

創作這本詩集的時間較為集中，絕大多數都是這兩年間所創作。輯一的半數寫自於臺灣文學基地駐村時，輯三先於輯二，是在

二〇二三年春天完成，輯二則是多半於當年七月在臺東短居時所作。其中混入了少許前一年的作品，我將之打散於各處。

這本詩集的完成，首先要感謝顧玉玲老師，是她讓我在北藝大這一年多以來的時間有了相當大的啟發。從我們如何思考記憶到面對社會議題該秉持著什麼樣的態度，回到研究所在課堂間的對答每每使我回味許久。謝謝俞萱在二〇二二上半年開始舉辦線上沙龍，包括了讀詩課與電影課，我亦也從中學習到許多，尤其是這一年間我們給彼此的通信與對話。我從過去就想上俞萱的課，但礙於地緣關係總是無法參加到。這次的讀詩課讓我認識到許多當代世界詩人的作品，我深知其翻譯的費時與困難，很感謝這樣的心力，不過最重要的還是，每每在參與俞萱的課時，我感受到的對於彼此的敞開與真誠。同時也謝謝木馬繼續出版我的詩集，謝謝本書的編輯澄如。謝謝支持我寫作的家人，以及隨時在我身邊、不吝於提出批判的易澄。

藉由這本書，在我寄望它成為黑玻璃的瞬間，觀察日食的行動會開始的，不管是日偏食、日環食、日全食，重新感受日常的驚愕，存在於世界各個角落上。

二〇二三年十一月十四日

我愛讀 122

醒來，奶油 般地————鄭琬融詩集

作者‧插圖　鄭琬融

副社長　　陳瀅如
責任編輯　陳瀅如
行銷業務　陳雅雯、趙鴻祐
裝幀設計　廖韡
內頁排版　Sunline Design
印刷　　　前進彩藝事業有限公司

出版　　　木馬文化事業股份有限公司
發行　　　遠足文化事業股份有限公司（讀書共和國出版集團）
地址　　　231023 新北市新店區民權路 108-4 號 8 樓
電話　　　02-2218-1417
傳真　　　02-2218-0727
客服信箱　service@bookrep.com.tw
客服專線　0800-221-029
郵撥帳號　19588272 木馬文化事業股份有限公司
法律顧問　華洋法律事務所　蘇文生律師

初版一刷　2024 年 4 月
定價　　　NT$380

ISBN　　9786263146334（平裝）、9786263146327（EPUB）

國家圖書館出版品預行編目 (CIP) 資料

醒來，奶油般地：鄭琬融詩集 / 鄭琬
融著 . -- 初版 . -- 新北市：木馬文化事
業股份有限公司出版：遠足文化事業
股份有限公司發行, 2024.04　192 面；
17x23 公分 . -- (我愛讀；122)

ISBN 978-626-314-633-4(平裝)

863.51　　　　　　　　　113003218